楽しいウソは笑顔を創《つく》る

矢野武久
Takehisa Yano

文芸社

目次

酔っ払いスズメ

我が家は、武蔵野の雑木林の中に四十数年前にできた住宅団地、雑木林に囲まれている。

それに四十年以上になると、当時小さかった我が家の庭木も背が伸びる。伸びた庭木に巣箱を置き、地上一メートル弱の高さに棒を渡して止まり木、その下の地面に大ぶりの鉢に水を入れてある。

野鳥が入れ替わり訪ねて来てくれる。ひよどり、シジュウカラ、つぐみ、最近姿を見せないが、尾長、名前の知らない鳥、めじろ、そしてスズメ、季節によって顔ぶれが変わる。ひよどりは仲良く二羽で、多分ツガイ。庭木に止まり、次に止まり木に下りて水を飲み、時に水浴び、終わるともう一羽と交代。

スズメは数羽一緒に、時には群れで訪ねてくる。直接庭木には来ない。まず、お隣の屋根に現れる。しばらく様子を見てリーダーと思《おぼ》しき一羽が庭木の高い所へ。安全を確認してから、その他大勢が続く。やがて地面で食事を始める。草取りをすると、どこで見ているのか、すぐスズメが現れる。草を抜くと彼らの餌が地面の下から現れるに違いない。

ある日のこと。一羽が一羽に口移しをしている。身体の大きさは同じくらいなのに。よく見ると一羽の嘴《くちばし》の端が少し黄色がかっている、親子だ、納得。身体は大きくなっても子供だねえ、人間もスズメも同じだ。

スズメ君、いつも来てくれてありがとう。お礼に一献差し上げようかな。とは言うものの、スズメ君は盃で焼酎を飲まないだろう。考えた末、お米を愛飲の焼酎・黒霧島二十五度に一晩浸けて翌日お庭にばら撒いた。お米に気が付いたスズメは、いつものようにお隣の屋根に現れ、庭木に止まり、地面に降り立ち、焼酎浸けのお米を、ついばみ始めた。

「スズメ君、美味いだろう、全部食べていいよ」と眺めていたら、一羽がよろけた。

やがて二羽、三羽。酔っぱらったに違いない。


スズメの皆さん、立っていられなくてヨロヨロ。殻付きの落花生を撒いたら、枕にしてお庭に横になってしまった。中には目を閉じているのもいる。人間と同じだなあ。

貴方も一度試してみませんか。


ただし……。

良い子の皆さんは真似をしないように。お酒の好きな貴方、気持ち良く眠っているスズメを手掴みで捕まえ、焼き鳥にして今夜は一杯、など考えないようお願いします。

メダカ、金魚

帰省中、郵便受けなど我が家の面倒を見てくれる近所の奥さんは、メダカにはまって沢山飼っています。青いメダカ、赤いメダカも見せてくれました。普通のメダカはタダ同然だけれど青や赤のメダカは数千円と。メダカが数千円って本当かなあと思っていたら……。

メダカが流行っている。白や黄色や出目のメダカなど四百種類ほどある。珍しいのは数千円、とＮＨＫニュース。色々な割合で掛け合わせ、猫でいう三毛（三色）のメダカが何万匹に一匹の割合で生まれる、作った人は二百万円でも手放さない、「これが三色のメダカです」と。ニュース映像のメダカは確かに三色だった。

メダカで二百万円、凄いな。緑色の金魚は何百万円かなあ。メダカのニュースとは別の番組の映像で、緑の金魚を作った人が自慢されていた緑の金魚は、贔屓目に見てもせいぜい黄緑と言えないこともないかな程度、緑には見えなかった。

カナリアに、すり潰したニンジンや卵の黄身を餌にしてやると、赤くなると聞いたことがある。また、物の本によると、フラミンゴは本来白いけれど、餌の藍藻類の色素（ベータカロテン、カンタキサイチン）でピンクになる。ほどよくピンクになると婚礼期、ツガイは生涯変わることはない。動物園などでピンクの色素の入らない餌を与えると白に戻る、と。

ブロッコリーの先端のツブを金魚の餌に与えると、緑が濃くなるかもしれないと緑の金魚を作った人に教えてあげようかな。人間もお豆腐を食べると肌が白くなる……

これはウソ。

ウソが一つ仕込んであります。あなたは、素直に騙されて頂けますか？

美術月刊誌・編集長

読みたい本があり図書館へ、おや、何かやっている。二階の多目的ホール「入場無料どうぞお入り下さい」と、入室。城跡の石垣の版画、縦八十センチ、横六十センチほど。見事だな、と眺めていたら、向こうで立ち話をしていたF氏、私に歩み寄り、

「この方の作品です。いかがですか？」

「いいですねえ、摺《す》るのは摺師にお願いされるのですか？」

「いいえ、自分で摺ります」

「こんな大きな版画、摺るのはプロにお願いするのだろうと思いました」

「摺るのも面白いというか、楽しいので全部私がします」

「古い石垣を墨一色の濃淡で表現されて感じ良いですね。この石垣で版木は何枚彫ら

れたのですか」

　こんな版画ができたら楽しいだろうと思うけれど、版木を何枚も彫るだけでも大変だ。こんなことを続ける根気は私にはない。腕もセンスもないのは言うまでもない。

　こちらのボードには石垣の写真。どの作品にも花が写っている。F氏「写真はこの方が……」

「いい写真だなあ。どこかに発表されるのですか」

「いいえ、ここだけです」

「わ〜っ、もったいない。町の広報誌の表紙や観光案内のホームページに出せばいいのに」

「そんな気はありませんが、そう言って頂けると嬉しいですね」

「そう言わないで、その気になって下さい。つい先日もお城の石垣を眺めている方にお話を伺ったら、古い石垣があると知って、わざわざ東京から来られたそうです」

「実は私、花が好きで、花の写真なんですよ」

「失礼しました。私は石垣が主役だと思ったのですが……」

F氏「どんなところが、良いと思われたのですか？」

「切り口が素晴らしいというか、この写真、空が天守閣跡の石垣でこんな風に切られているでしょう。花が（ヤブカンゾウ）主役とのお話ですが、花が自生している手前の石垣と木々の向こうの石垣もいいなあ。こちらの写真、ユリが一本石垣の間から空に向かってスッと立って凛としている。石垣もユリがあるから古城の石垣、お互いにウイン、ウイン。どの写真も両方がお互いを引き立てて主役、いいなあ」

感じたままをお話ししていたら……。

F氏「失礼ですが、どんなお仕事をしていらっしゃ

いますか?」

「私ですか? 東京で美術月刊誌の編集長をしています。私は版画も写真もできませんが、わからないでは仕事になりませんから。口だけは達者で失礼しました」

版画氏・写真氏「東京の専門家に見ていただけるとは……ありがとうございました」

「日出《ひじ》（大分県日出町）に帰っているなら昼食会へ出てこない?」

幼馴染から電話。その昼食会で美術月刊誌編集長の話を披露。

「日刊紙の論説委員をしていると言っていたけど、編集長もしているの?」

「両方はできないよ、論説委員は十年で辞めた」

A子さん「何でもするのねえ、会社はどこにあるの?」

「会社は東京、護国寺の近くだけど、仕事は若い皆さんが編集したものをメールで入れてくれるから、トップ記事はこの原稿と入れ替えろとか、この写真はセピア色にしてもらえとかメールで指示するから、会社へは月に二、三回行くかなあ」

「編集って、皆でワイワイ議論しながらするのかと思っていたわ」

A子さん「本当かな、もしかして？　と思って会社はどこと聞いたら、地名が出て編集のお仕事まで話してくれて。今は何でもコンピュータなのね。ごめんなさい、疑ったりして」

「うまく行った、ホホホ」

「えっ、美術月刊誌の編集長をしているってウソなの？」

「ピンポ〜ン、正解。ウソです。図書館で版画氏、写真氏とお話ししたのは全部本当、編集長をしていますだけがウソ」

「ピンポ〜ンじゃないわ、騙したのね！」五人組、楽しそうな笑顔。

「その人達にも編集長と言ったの？　それ詐欺じゃない。駄目よ、初対面の人を騙したら」

「大丈夫、美術月刊誌の編集長は冗談です、ってすぐ白状したから」

「皆さん、気分を害されたんじゃないの。私たちを騙すのは許すけど」

「最初は、何が冗談なのか判らなかったみたいだったけれど、笑いだした」

「冗談ですか、本当かと思いました。それで、本当はどんなお仕事をされているのですか」

「建設機械メーカーのコマツで建設機械の開発設計をしていました」

「設計をされていたのですか。設計をされていた方は、やはりねえ。お話、とても参考になりました。ありがとうございました」

「えっ！」

美術評論家

二〜三年前のこと。二の丸館へコーヒーを飲みに行ったら絵の個展をしていた。木の白い板に描かれた草木。観ていたら、

「いかがですか？」

「これ、貴女の作品ですか？　感じたままを言えばいいの？」「ええ、お願いします」

目の前に、ススキ三本の絵。

「このススキ、床の間のススキを描いたの？」

「いいえ、自然に生えているススキです。どうして床の間ですか？」

「自然なら、こんなに同じ間隔で、きちんと立ってないでしょう。間隔はバラバラ、一本くらい曲がったり折れたりしているのではないかなあ」

「こちらは、いかがですか？」とモミジの木。

「右のこの葉、板の画面から半分はみ出していますね。葉だけじゃなく枝が、はみ出しているとか、木のてっぺんが突き出ていると面白いなあ」

「えっ、どうして？」と顔に書いてある。そこで感じた理由を説明……。

「さっきのススキ、お行儀が良すぎる。自然のススキにしては動きがないというか、風を感じない。何を言っても怒らないかな？」

「ええ、どうぞ」

「本当に怒らないね、貴女が思ったまま言えと言ったのだよ」

「貴女の絵は観て終わり、画面に全部描いてある。だから、モミジの枝はこうなっている。木の頂はこう、高さは大体こんなもんだろう、画面で完結、観て全部わかる。画面からはみ出していたら、枝の形はどうなっているのだろう、木のてっぺんはどうかなあ。観る人が想像して観るに違いない。絵が画面以上の広がりを持つでしょう。描いた貴女と観る人と合作。音楽や小説も同じじゃあないかなあ」

おや、我ながらもっともらしいことが、口からスラスラ出てくる。

「貴女は、とてもお上手だから、もったいない。上手プラスいい絵が描けるのに」

「いい絵ですか？」

おい、小父さんにいい絵の描き方を教えろと言うの……。

「そうですねえ、音楽を聴くとか、本を読むとか、テレビを観るとか人の話を聞くとか、絵に限らず色々なことに興味を持って真面目に向き合うと良いんじゃないかなあ」

「こういうお仕事をされているのですか？」

「今は何もしてないけど、東京じゃ美術評論家で通っていたのですよ」

それから数日後、二の丸館の前を歩いていたら、

「せんせ〜い」

「ん？　先生とは俺のことか」周りに誰もいない。個展の女性だ。

「絵の仲間に先生のお話をしましたら、皆さん直接先生のお話を伺いたいと。時間を

取って頂けませんか?」

「ウソですよ、貴女をかついだんです」と白状しているのに「是非お願いします」

「あのね、小父さんは美術評論家じゃないの。だけど言っていることは間違ってないと思っている。画面からはみ出すのは殻を破ること、外の風に当たって寒い。殻の中でヌクヌクしている方が楽だけれど殻を破ると面白い。あれっ、こんな絵が描ける。知らなかった自分に出会って楽しいよ、世界が拡がるし」


昨年のこと……。

二の丸館へコーヒーを飲みに行ったら個展開催中。絵の様子が違うけれど、白い板に草木、この前の人かな。

「お久しぶりです」

「あ〜やっぱり。ヘアスタイル変えました?」「ええ」

「そうではないかと思ったけれど絵の雰囲気が違うし……失礼しました」

「絵が変わりましたか？　前と比べてどうでしょうか？」

東京の美術評論家のご意見を伺いたい、ということかな、ホホホ。

また三本のススキの絵を描いてあり……。

「いいですねえ。床の間の？　など聞かなくてもわかります。自然のススキ、風を感じます。そよ風というか、心地よい風」

「ありがとうございます」

「以前と全然違います。前は小さくまとまった感じでしたが、今回はどの作品も伸び伸びして元気一杯、観て楽しい。貴女も描いていて楽しいでしょう」

「あの時、お話を伺って画面に収まらなくても良いと思ったら、何だか絵筆が自由に動くようになった感じがします。お話をして頂いて本当に良かった。ありがとうございました」

「そう言って頂けると、嬉しいなあ」

弁理士にお任せ下さい

幼馴染三人、W君宅でお庭を眺めながら焼き肉パーティー。気の置けない仲間と酌み交わす酒は美味い。美味い酒は、いつもより酔いの回りが早いようだ、風が頬に心地よい。

奥さん、ありがとうございます、お世話になります。

お互いほろ酔い機嫌になった頃……。

M君「トイレットペーパーあるだろ。あれを支えているの、うちの母ちゃんと一緒にあれこれアイデアを出し合って、良さそうな案を実際に作ってみた」

「トイレットペーパーホルダーだろ。どんな案だ?」なるほど使い易そうだ。

「お前、この案の特許を取ってTOTOなどに売り込もうよ」

「特許を取るの？　面白い、弁理士にお任せ下さい」

「トイレは世界中にあるから、特許料が億単位で入る、三人で山分けしよう。W君百億円くらいでいいか」

「百億円？　焼き肉パーティーを毎日しても食べきれない、十億くらいでOK」

酔った勢い話が弾む。

面白いから特許出願申請してみようかな。昔取った杵柄とはいえ、今の書式を知らない。会社の後輩へ申請書のサンプルを送ってもらい作成。特許出願申請書、出願人、発明者、発明の名称「トイレットペーパーホルダーの……」、特許請求の範囲……。

さあできた。

M君、TOTOへ持って行けと言っていた。TOTOのどこを訪ねて「ごめん下さい」と言えば良いのか。図書館へ行き、会社年鑑で取締役員さんのお名前と、ご担当業務を調べてお送りしよう。知的財産管掌、この役員さんへお送りしてみよう。特許出願申請書に手紙を添えて投函し、M君宅へ。

奥さん「主人はちょっと買い物へ出かけました。すぐ帰ってくると思いますが」

「そうですか、ではこれをM君へ渡して下さい」と説明。

「まあ、主人と話したことが、こんな立派なことになったのですか！」と……。

M君帰宅。

「丁度良かった。先日のトイレットペーパーホルダー、特許申請書を作って奥さんに説明していたところだ」「あなた、これを頂いた、見て」と奥さん。

M君受け取り、「ひょえ〜、本当にやったのか」

「君に、お前やれと言われて、弁理士にお任せ下さい、と言ったではないか」

「本当に弁理士の資格を持っていたのか。知らなかったなあ」

「ウソだよ、弁理士の資格など持ってないよ」


後日、TOTO知的財産部門の責任ある担当の方から、当社としてお断りの内容だけれど素人の提案に対し丁重な返書を頂き、恐縮するとともに嬉しい思いをした次第。

ケバブ・コンサルタント

スーパー「マルショク」の広い駐車場に黄色い車で店開き、車にアルファベットで張り紙が四～五枚、写真もある。何だろう、わからないことは聞いてみる。あれっ、外国の若者だ「日本語話せますか？」

「ハイ、少～し」流暢な日本語。彼はトルコから来日、と。

「これ何ですか？」「ケバブです」

「ケバブって何ですか」「写真あるでしょう」と貼ってあるケバブに野菜サラダの写真を指差す。

「何だ、野菜サラダか」「野菜サラダじゃないです」

「小父さんにはサラダに見えるけど違うの？　わからないよ」

「わからなければ私に聞いて下さいよ、説明しますから」

「ふーん、トルコでは誰でも知っている食べ物、ヨーロッパならサンドウィッチ、日本で言えばおにぎりだな」「ハイ、そうです」

「君、結婚している？」「ハイ」

「奥さんに出会って、質問して説明を聞き納得して結婚したの？　違うだろ。出会って素敵な女性と思ったんだろ。説明など関係ないだろ」「ええ、まあ」

「ケバブも同じだよ。説明しますから、なんて言っていては駄目」「……」

「小父さんが、トルコでおにぎりの写真に、日本の文字で『おにぎり』と書いて四～五枚車に貼って売ったら、トルコの人は買ってくれるかなあ？」

「日本の文字ではわからないから、無理でしょうね」

「そうだろ、君はトルコで日本文字の張り紙と同じことをしている。ここは日本なのにアルファベットの張り紙。皆さん君のＰＲに目もくれないで通り過ぎるだろ。日本の人にわかるような貼り紙にするといいよ」

「考えてみます」

トルコの若者が真面目に受け止めてくれたことが伝わってくる、素直だなあ。貼り紙の貼り方についても話してみよう。

「君、つけ黒子《ほくろ》知っている?」「ハイ、知っています」

「あれは、ちゃんとお化粧した上で付ける。目的はアレッと、こっちに目を向けてもらうため」この小父さん何を言い出すのか……と顔に書いてある。

「貼り紙の貼り方も同じ。君は、きちんと揃えて貼ってあるけど一枚だけちょっと斜めにずっこけて貼ったらどうだろう。『あれっ』と目を向けてくれるんじゃないかなあ」


二週間後スーパー「マルショク」駐車場、あの車が商売をしている。車の貼り紙は全て日本語。一枚ずっこけて貼ってあり、「いいねえ、わかり易いよ」

「ありがとう、ございます」いかにも嬉しそうな笑顔。

「これ、自分で考えたの? 日本文完璧、申し分ないよ」「奥さん日本の人、奥さんと一緒に考えました」若い二人の共同作業。微笑ましい、話を聞くだけで幸せ。

「じゃあ次、行こうか」「ハイ、何でしょう」

「一パック五〇〇円は、ちょっと買ってみようには高い。ここのスーパーに入って、から揚げとか、お惣菜売り場を見てこい、五〇〇円はないよ。せいぜい三〇〇円、お惣菜としてだけではなく、ご主人のお酒のつまみに主婦に買ってもらえるよ」

「うーん、」考え込んでしまった。

数週間後、「マルショク」駐車場
「おや、三〇〇円の一つ、中辛くれる?」

「ありがとうございます。五〇〇円は高い、と皆さんにも言われました。三〇〇円の、よく出ます。小父さんも商売をしているのですか?」

「小父さんはケバブ・コンサルタント」

庭師一級

私の故郷は九州・大分県の小さな城下町。百四歳で母が旅立ち、空き家になった我が家の草取りや庭木の手入れなど、年に二、三回帰省している。我が家だけでなく親戚やご近所の庭木の剪定など庭仕事。頼まれた訳ではなく押しかけ庭師、勝手に遊ばせてもらっている。押しかけにもかかわらず、皆様に「お世話になります」「助かります」「お庭が明るくなった」「お庭が広くなった」などのお言葉を頂いている。

お世話をしなければとか助けようとかいう気はなく。庭仕事は面白いし楽しいから、させてもらっているに過ぎない。趣味といえるかもしれない。押しかけ庭師の担当しているお庭の中には、江戸時代の立派な日本庭園もあるが、どこのお宅も奥様から「あれこれ」指図はなく、全てこちらの思い通り剪定する。考えてみると贅沢な趣味だ、誰でもできる訳ではない。

まず、江戸時代の日本庭園もあるような様々なタイプのお庭がなければならない。次に思い通りにできるよう奥様の信頼を得なければならない。そうして何よりなければならないのは庭師としてのセンスと腕、ホホホ。


帰省中のある日のこと。

「ごめんください」目の前に、町では知られた庭師の棟梁。「こんにちは棟梁、どうされました？　棟梁の手を煩わすような庭ではありません。自分でしますよ」

「いや、そうじゃなくて、今日はお願いに上がったのです」棟梁にお願いされるような心当たりはない。何のお願いだろう。

「手伝って欲しいのです」何を手伝えと言うのか。「何のことですか？」

「うちを手伝って欲しいのです。うちの庭師が身体を壊して辞めたんです。腕のいい庭師がいないのです、助けてくれませんか」

え〜っ、何だって！　棟梁に腕のいい庭師と認めてもらったのは嬉しいけれど、とてもじゃないができる訳がない。「駄目ですよ、できませんよ、無理無理」「○○家の日本庭園、貴方がやっているでしょう。あれだけできたら大丈夫、申し分ありません。お願いします」と言われても困る。棟梁のお手伝いとは即ち、下手な剪定は棟梁の名を汚すことになる。贅沢な趣味、センスと腕がなければ……ホホホなどと言っていられない。丁重にお引き取りして頂いた。

五十数年前、ピカピカの新入社員だった。同じ独身寮で過ごした仲のいいT君。お互いあちこち転勤したが、最後の勤務地は東京近辺、T君の自宅は、我が家から車で三〜四十分、時々遊びに行く。ある日のこと、奥さんと三人でお茶していたら、「矢野さん、一か月も二か月も田舎で何をしているの？」と奥さん。「庭仕事、木の剪定とか……」「えっ、庭木の剪定ができるのか」これはT君。奥さんと顔を見合わせている。

奥さん「我が家もやって頂けないかしら。主人全然心得がないのですよ」言われなくてもお庭を見たらわかる。つつじは伸びてボサボサ頭、木は大きくなり過ぎている。

後日、道具を持って行き、始める前に二人に説明。

「つつじは、この程度切る。今の状態からすると葉がなくなったように見えるけれど心配ない。来年はきれいな花が咲く。木は三分の二ほどの高さにする」と説明しておいたけれど、バッサリ切ったら、「大丈夫か矢野、口だけじゃないのか。どうなることやら」とは言わないが、顔に書いてある。

「まあ見ていろ、心配するな」

そうして完了。「すっきりした」と二人。

シャワーで汗を流し、コーヒーとケーキ。

「最初はどうなることかと思ったけれど、我が家の庭も、広くなったし庭らしくなったよ。口だけじゃない、上手いものだなあ」

「ありがとう、庭師は喜んで頂くのが何より嬉しい」

「いつ覚えたの？」

「田舎で中学生の頃から伯父さんを手伝っていたし、会社へ入ってからも帰省中にしていたから、剪定バサミの扱いは慣れている」

「つつじの高さを揃えるとか、どの枝を落とすとか、そういうのはどうして決めるの？」

「揃えるのは、俺は右利きだから左脇を固定して右の刃だけを動かす感じかな。両方を動かしてチョキチョキは駄目だなあ。左を定規みたいにする。お庭全体は、お庭を創った庭師は、どう考えてやったのか想像する。正面からよく見て大体の姿を考え、次に向こうからお庭に入って来た時の見え方を考えて決める。決めたらほとんど変えないけれど剪定しながら修正する。

　どの枝を落とし、どれを残すか。高い木の枝は切られたくないし、低い木は太陽が欲しいから上の木を切って欲しい。これは結構悩む。最後は自分が木になって、その場に立っているつもりで考える。「低い木も太陽が欲しいだろうから、ここは我慢するか」「無理を言っても気の毒だから、今より少し陽が射せば……妥協点を探す感じかな」

「そんなことを考えるのか。どうしてそう思うようになったの？」

「町を歩いていて庭師が剪定しているのに出会うと、いろいろ聞いてみる。ほとんどの人は親切に教えてくれる。それで、いつの間にか、そんなことを思うようになった」

「凄いな、木になったつもりでなんて名人みたいなことを言う」とT君、奥さんへ話しかける。

「名人じゃないけど、庭師一級だから少しは頭を使うよ。田舎で庭師の棟梁に手伝えとスカウトされたよ。丁重にお断りしたけれど」

「えっ！　庭師一級なの？　いつ取ったの？　あの忙しい現役の頃か、フ～ン」

あれまあ、勝手に感心されても困るよ。

「現役の頃、英検一級とか溶接技能士とか危険物取扱とか皆やっていたから、そんなに特別なことじゃないよ。もっとも一級は技能だけじゃなくセンスも少しは要るけど」

「それにしても大したものだ、お前偉いよ」

「実は庭師一級はないんだ」

「なーんだ、ウソか。そうだろうなあ」奥さんと顔を見合わせ笑い顔。

「庭師という言葉はあるけれど、庭師一級という資格はない。実際は造園士。これは国家資格で一級から三級まで。俺たちが一生懸命頑張ってとれるのは三級まで。一級になると、たとえば京都の庭園造りを任される。それから庭園管理士という資格があるけれど、これは国ではなく、〇〇協会とかあるだろ、民間の資格。英検と同じだ」

「何だ、ウソかと思ったら、やっぱり本当か。それで造園士三級を持っているの？それとも庭園管理士の資格を持っているの？」

「友達は持っているけど、俺は何も持ってない。庭師一級は自称」

「何だって！　おい、俺達二回かつがれたよ」奥さんと大笑い。

「ウソは庭師一級だけ、あとの話は全部本当。棟梁に庭師の腕を買われたのも」

「怪しいなあ、もう信じないぞ」

「信じる者は救われる」と言うではないか、ウソじゃないよ。

零戦搭乗員

昨年夏のこと。

お盆で帰省、その復路大分空港で、「シルバー空席待ち割引、羽田まで」

「少々お待ち下さい。最前列でよろしければ……」

最前列は目の前が壁だけど良いか、と。

「ありがとう」搭乗。最前列斜め前はキャビンアテンダントの席。いつものようにイヤホンで機内寄席を楽しむ。ちょっとウトウトしたらしい。

コーヒーなど機内サービスも終わり、キャビンアテンダントの皆さん、座席に腰かけている。もう羽田が近いのだな、どの辺りだろう。窓から下を眺めると島が点々と見える。伊豆諸島か小笠原だな、あれは何と言う島だろう。機内誌を取り出し地図と

見比べていたら、座席からキャビンアテンダントの一人が立ち上がり、

「島の名前ですか？」

「ええ、あれ御蔵島だねえ」「そうですね」

「懐かしいなあ。零戦知っている？」

「よく知りませんが、名前は聞いたことがあります、昔の日本の飛行機でしょう？」

「若い君が、名前を知っていてくれるのは嬉しいねえ、小父さんは」

零戦……零式艦上戦闘機、通称零戦、日本海軍の戦闘機。開戦当初世界の戦闘機に対し卓越した性能を誇った。太平洋戦争前、中国戦線でデビュー。零戦の情報はアメリカへ送られたが、航空専門家は「そのような性能の戦闘機は、航空力学上あり得ない」と何も対処しなかった。ところが中国戦線では、アメリカの誇る戦闘機が、あり得ないはずの戦闘機に歯が立たない。（太平洋戦争前、アメリカは義勇軍の形で中国を支援）

太平洋戦争開戦後、あり得ないはずの戦闘機が存在することを知ったアメリカは、

アッツ島（だったかな）に不時着した零戦を徹底的に調査・研究し、零戦と一対一で戦ってはならない、三機で戦え。言い換えると零戦はアメリカの戦闘機三機に相当する性能を持っていた。そうして零戦を一撃したら急降下で逃げること、と戦術を徹底。

一方、アメリカは総力を挙げて零戦を超える戦闘機の開発に着手、次々に戦線へ投入。次第に零戦は劣勢になり立場は逆転する。こんな説明をして、

「帝都防衛で……東京を帝都と言っていたのだよ。零戦に搭乗して毎日、この辺りの海の上を飛んでいた。懐かしいねえ」

「小父さん、パイロットだったのですか？」

「今はパイロットと言うけれど戦時中は搭乗員と言っていた。パイロットは敵性語だから使わない、うっかりパイロットと言ったら大変」

「いろいろご苦労されたのですねえ」おや、隣の席に座っちゃった。

「今思うとご苦労だけど、その当時は苦労と思っていなかった。戦闘機乗りは飛行機乗りの憧れ、それも零戦の搭乗員だ。若かったしねえ」

あれっ、その目は尊敬の目ではないか。

「今年は昭和で言うと何年かなあ」

「九十年、昭和九十一年だと思います」

「そうか、そうだね。戦争が終わったのは昭和二十年だよね」「知っています」

「戦争が終わって七十一年。終戦の時二十歳だったら今いくつ？」

「九十一歳でしょう」

「そうだよねえ、小父さんは貴女のお父さんより歳上だけど九十一歳に見える？」

「！」の表情……空の旅は楽しい。

マッサージ師一級

近くの病院の喫茶室「カフェテリア」。子育てを終えた近所の奥さんが週に何日かパートでお勤めをしている。「遊びに来て。コーヒー一〇〇円、おにぎり一〇〇円、えびピラフ、スパゲティ、カレーライス三〇〇円」

「安い、行きます」

以来、週に一～二度お邪魔している。

「売り上げご協力、いつもありがとうございます」

「コーヒー付デイサービス一〇〇円、ありがたいのは私の方」

「デイサービスって何のこと？」

「私は年金生活の独居老人、一日中誰とも話さない、言葉を忘れるよ。ここで美味しいコーヒーを頂きながら話ができるからデイサービス」

ある木曜日。「終わった、さあコーヒーを頂こう」カウンターの私の隣に、お馴染みさんと思しき女性が腰掛けた。何が終わったのかなと思いながら二人の話を聞くともなく聞いていると、病院併設ホーム入居者の方々に手のマッサージをボランティアでされている、と。「手のマッサージですか?」

「そうです。ちょっとマッサージしましょうか」

「指、動きますから大丈夫ですよ」と指を動かしてみせ、お断りしたが、

「右手を出して。力を抜いて楽にして下さい。そうです、いいですね」

乳液のような物を少し塗って、指を軽く揉んだり曲げたり、さすったり気持ち良い。

「ありがとうございます。指が素直に軽く動くようになりました」びっくり。

「マッサージしてもらって良かったでしょう」とパートさん。

「今度はお礼に私がマッサージしましょう」

「できるの?」とパートさん。コーヒーを飲んでおられた、この病院の理事長先生の

顔にも書いてある。「オイオイできるの？　大丈夫かい」と。

「はい、向こうを向いて背中をこっちへ。肩叩きから始めましょうか」

トントントン、ドンドコドン、トントコトン強弱織り交ぜながら肩から背中へ、気持ち良さそう、この辺りちょっと凝っているかな、少し集中して叩いてみよう、首を揉み、頭のてっぺんを軽く叩く。

「お上手ですねえ、バイブレーターみたい」

おや、理事長先生が真剣な表情で見ていらっしゃる。

「理事長先生も、しましょうか？」ドンドンドン、ダンダカダ～ン。

「気持ちいいなあ、本当にバイブレーターみたいだ」

「お褒めのお言葉ありがとうございます。だけど、バイブレーターは所詮機械でしょ、マッサージ師一級・人間が機械に負ける訳にはいきません」

「えっ、一級ですか、大変失礼致しました」手のマッサージ・ボランティアさん。

「貴女は華奢だからトントコトン、軽くします。理事長先生は軽くでは駄目、ドンドコド～ン。強弱はバイブレーターでもできますが、トントコトン、ドンドコド～ン、強弱織り交ぜたり、気持ち良さそうな箇所は回数を増やしたり。これはバイブレーターでは難しいでしょう。機械より人間の方が……ね」

もっともらしい話をしていたら……。

「先生、今度はいついらっしゃいますか？　是非またして頂きたいのですが」

「そうですねえ、今度は来週の木曜日、時間が取れたらさせて頂こうかな」

「時間は今日と同じ、三時頃でよろしいでしょうか？」

「そうですね、また来週お会いしましょう」

カフェテリアのパートさん。

「それ本当なの？　矢野さんはコマツで設計していたと言っていたでしょう」

「本当にコマツで設計していたよ。ウソじゃないよ」

「そうじゃない、マッサージ師一級は本当なの？」

「なに言っているの、ウソに決まっているだろ」

「エ〜ッ、本当ですか?」と手のマッサージ・ボランティアさん。
「いえ、本当ではなくウソです」
「矢野さんはねえ、美術評論家をしているとか庭師一級とか用心してないと、つい騙されるんですよ。用心して聞いていたのに……」

子供の頃からおばあちゃんの肩を叩いていた。そうして学生時代下宿の先輩が徹夜麻雀で肩が凝ると「ちょっと肩を叩け」、もっと強くとか肩はもういい背中を叩けとか、先輩はあれこれ注文が多い。「背骨の横、指を伸ばしてやれ。首を揉め、もっと強く、そこだ覚えておけ」先輩に仕込まれた。夏休みで帰省し、おばあちゃんの肩を叩く「上手になったなあ」。

あれから半世紀、冗談で「マッサージ師一級」と言えば、皆さん露ほども疑わず、「先生、今度はいついらっしゃいますか? 是非またお願いします」

先輩ご指導ありがとうございました。おかげで楽しんでいます。
若い時の苦労は買ってでもせよと言うけれど、何でも経験しておくものだなあ。
五十数年後、皆さんに喜ばれ褒められて、こんなホラが吹ける。
楽しいねえ、人生は。

本当かしら？

家康、ねね、秀頼とおばあちゃんの話

テレビを見ていたら、「たけしの何とか……」という番組で、突然故郷・日出町《ひじまち》の隅櫓（鬼門櫓）の映像が。私は日出町出身、隅櫓はお濠の向こう石垣の上、実家の目と鼻の先にある。

秀頼は生きていた。大坂城炎上後、秀頼の死体は見つからなかった。当時、秀頼は生きているという噂が立った。

これは宣教師の記録にも残っている。

大坂城のお濠を通って城内の下肥（糞尿）を運び

日出城・隅櫓（写真左上）

出す船で秀頼は大坂城を脱出、大坂から船で薩摩藩へ落ち延びた。

鹿児島には今も木下との関係を思わせる地名や川の名前が残っている。秀頼の息子は国松、鹿児島から豊臣ゆかりの日出藩へ、日出藩は立石領を与えた……とテレビ。


早や半世紀以上昔のこと、学生時代、春、夏、そして冬休みに帰省。

「おばあちゃん、ただ今帰りました」

「元気じゃったかえ、ちょいと見せちょくれ」白内障でほとんど視力を失っていたおばあちゃんは私の顔を両手で撫で、「元気そうじゃなあ、結構なことじゃ。まあそこにお座り」それから昔の話が始まる。おばあちゃんの話は、知らないことばかりで面白く、半分は本当かしら？　と聞いていた。

おばあちゃんの話、その一

秀吉の正妻・ねね「甥の俊延は良い子だから面倒を見て欲しい」と徳川家康へ。

家康「わかった、ただしやっと平和な世の中にした。豊臣の残党に担がれ、再び乱を起こされたら迷惑、九州の田舎三万石だよ。まず間違いは起こさないと思うが、隣にお目付として松平・杵築藩を置く」

ねね「家康さん、それでＯＫ、ありがとうございます」

おばあちゃんの話を聞いて、ずっと思っていた……。

・名のある武将に影武者がいるのが当たり前だった時代に、秀頼に影武者がいなかったとは考え難い。大坂城で亡くなったのは影武者に違いない。

・家康にとって、ねねは今で言えば家族ぐるみの付き合いをしていた同僚の奥さん。ねねも、家康・天下人へ頼むという意識はなかったと思う。

・あちこち転封・取り潰しをした徳川幕府も神君・家康の約束に手が出せず、豊臣ゆかりの九州の小さな日出藩が明治維新まで生き延びたに違いない、と。

おばあちゃんの話、その二

鹿児島から秀頼の息子・国松ぎみが日出に来た。お殿様がご臨終の時、家老に「国松に立石の一万石を譲るように」と、か細い声で。三万石から一万石を譲ると日出藩が立ち行かなくなる。家老「はい、わかりました、五千石」と周りの重臣の皆さんに聞こえるよう大声で。お殿様「一万石」、家老「はい、わかりました、五千石」。結果、立石へ五千石。

記録では、俊延には二人の息子（異母兄弟）がいて、家督を長男、日出藩、立石領五千石を次男延由へ。この時に何か諍《いさか》いが有ったらしく家老・長沢は切腹。

おばあちゃんの話の半世紀以上あと、ほとんど同じ内容をテレビで見た。

おばあちゃんの話は本当だった、と思うのは……。

おばあちゃんの話、その三

「三十三間堂のちょっと先、石段を上がったところにお宮があった。広場があっち（あって）、お父っつあんが（加藤賢成・国学者）宮司をしよったけえ（していたから）、おばあちゃんはそこに住んじょった。広場の周りに山縣さんとか、お弟子さん達と桜の木を植えた。大きゅうなっちょるじゃろうなあ（大きくなっているだろうなあ）。山縣さんは明治政府の偉え人になったがなあ」「山縣さんって山縣有朋？」「そうじゃあ、忘れちょったわえ」

卒業して配属されたのは枚方市の大阪工場。早速京都へ行ってみた。おばあちゃんの話の通り、三十三間堂のちょっと先に石段があり、上がると広場、周りに桜の木。おばあちゃんの話の通りだ、おばあちゃんが子供の頃植えた桜。あれから、さらに半世紀、さらに大木となっているか、朽ち果て二代目桜になっているか。

お宮の名前は「豊国神社」……豊臣秀吉を祀った神社。徳川幕府により廃止されたが、明治政府が復興。

おばあちゃんの話、その四

春休みで帰省。おばあちゃんの話を縁側で聞いていた春の日、

「いい天気じゃなぁ。海も波がのうて（なくて）鏡んごとあるなぁ（鏡の如し）」

江戸時代初期に築かれた石垣が海岸から六～七メートル、石垣の上は少しばかりの平地で畑（下の畑）。さらに石垣。海岸から十五～六メートルの高さに建つ母屋の縁側に座って別府湾を眺めながら。

「おばあちゃんが嫁に来ち（来て）、すぐの頃じゃった。津波が来ち、海がワ～ッと迫り上がっち、下の畑の上まで海が来ち、恐ろしかったわぇ」

東日本大震災後、高校の友だちと、

「津波の高さが三十メートルだそうな。そんな波が来たら小学校に逃げても駄目だな」

「おばちゃんがお嫁に来た頃……」とおばあちゃんの話をして、

「おばあちゃんの話は本当かと思っていたけれど、本当だったかもしれん」

「矢野、おばあさんの話は本当だよ。○○地区に、こんな高い所まで津波が押し寄せたという石碑か何かがあったと記憶している。お前のおばあさんの話と合うよ」

ツバメ・コンサルタント

「ん？　何だろう」

いつもは降りない南武線登戸駅で乗り換え、改札を通りホームへ。駅長さんかな、金筋の入った帽子を被った人が、透明なビニール傘、コンビニで売っているあの安物の傘を手に上を見上げている。見上げる先にはツバメの巣があり、幼鳥がいる。

「可愛いですねえ。そんな傘を持って何をされているのですか？」

「可愛いのですが糞を落とすので、お客様から毎日苦情を頂くのですよ」

「毎日ですか。この下を通らなければいいのに。鳥は糞をするものですよ」

「私としては、そうも言っていられないのです。子供が育っている巣を壊すのも忍びないし。この傘を逆さに下げて糞を受け止めたいのですが」

「それはいいアイデアですねえ」

「ご覧のように傘を取り付ける所がないし、費用は掛けたくないし」

確かに傘をぶら下げる箇所はない。「何とかならないかなあ」

「そうだ、こうしたらどうでしょうか」と口で説明したが、わかって頂けない。傘をこうして、針金でもいいけれど、凧揚げに使う糸を使って、あそこの梁とこっちの梁に……と説明をしていたら、

「お時間頂けますか?」

「ええ、今日はもう帰宅するだけですから」「では……」と駅舎に案内された。

簡単な絵を描いて説明。

「なるほど、それなら簡単にできますね、ありがとうございます。早速やってみます。失礼ですが、どういうお仕事をされているのですか?」

「私ですか?　ツバメ・コンサルタントをしています」と冗談を言ったら……。

「ツバメ・コンサルタントをされているのですか。さすが……」と真面目な顔。

「冗談ですよ、まさか本気にされるとは思いませんでした」二人で大笑い。

数週間後、再び登戸駅で乗り換え。ツバメの巣の下に立派な金具で傘が逆さに固定されている。駅長さんのお話。

「糸でやっていたら、このようにお客さんが無償でして下さいました」

「無償ですか？　それは良かった、ラッキーですねえ」

「心優しい駅長さん、親切なお客さんに囲まれて良かったねえ、ツバメ君。来年も帰ってきてね」


あのツバメ君、巣立った子供たち、そのまた子供たち……、今も帰ってきてくれているのかなあ。

二十数年前のこと。久々に乗り換えた登戸駅は、近代的な駅舎になっていた。ツバメはどこへ巣を作りに帰ってきているのか。

研ぎ師

母がお世話になっている老人ホームの駐車場へ車を置き、建物の入り口へ歩いていたら女性スタッフさんの声。

「こっちの方が良いわよ」と言われた別のスタッフさんの手には、赤錆がういて切れそうもない庭木の剪定バサミ。比較の問題だから、「こっちの方が良いわよ」は正解だけれど、正しくは「これも赤錆びてるけれど、こっちの方が良いわよ」。自称庭師一級の目には、どっちもどっち。

「ちょっと小父さんに貸して」と手に取り動かしてみる。錆びついて動かすのも固く、刃も錆だらけ、これでは駄目だ。

「これじゃあ使い難いから、小父さんが研ぐよ。砥石ある？」

「砥石？　ですか。ありません」

「ないの？　じゃあ明日砥石持ってきて、研いであげるよ」

翌日、砥石と動きの固い蝶番用の潤滑剤を持って老人ホームへ。昨日のスタッフさんは不在、そこへ丁度若い施設長さんが通りかかった。説明をしてバケツに水を入れ剪定バサミを研ぐ。施設長さん、座り込んでじっと私の手元を見ている。

「施設長さん、お忙しいでしょう。お仕事に行って下さい、研いでおきますから」

「いえ、見せて下さい。研ぐのを見るのは初めてです」

「初めてですか？」

「剪定バサミは何度位研ぐことができますか、研げば二〜三度は使えますか？」

「品物にもよるけれど、二〜三度どころではない。私の剪定バサミは何度研いだか、もう十年は使っていますよ。使うほど手に馴染んで使い易くなります」

「十年も使えるのですか、早速砥石を買おう。研ぐのは難しいですか」

「ハサミは、両方の刃で挟んで切るから小刀や包丁より難しいけれど、練習すればばすぐできるようになる。ハサミの中でも床屋さんの散髪バサミは難しいけれど、剪定用は大丈夫」

「剪定バサミの刃は両方とも片刃、この面を砥石に押し当てて研ぐ、このようにグラグラすると刃は切れなくなる。時々水を差して、これをしっかりやればいい」

研ぎ方を教える。

「こんなもので良いかな。研いだ刃の裏側のここ、ちょっと親指の腹で軽く触ってみて」

施設長さん恐る恐る刃に触れる。

「何となく引っかかりを感じるでしょう。この引っ掛かりを『かえり』って言う。これを二、三度砥石で研いで取る……もう一度親指の腹で触って。今度はさっきと違うでしょう」

「上手ですねえ」

「研ぎ師一級だから、普通の人より少しは上手じゃないと師匠に申し訳ない」

「一級ですか、さすが上手だと思った。どこで習ったのですか？」

「どこって……学生時代、アルバイトで庭師のお手伝いをしていたから、師匠が研ぐのを見ていた。時々師匠に教えてもらって、いつの間にかできるようになった。研ぎ師一級というのは、国家資格じゃなくて民間団体がくれる資格」

「卒業後は普通の会社勤めでしょ。サラリーマン時代も庭師をして研いでいたのですか？」

「そんな時間ないよ。会社の仕事で目一杯。若い頃に覚えた刃物研ぎは身体が覚えている」

「そうですねえ、若い頃に覚えたことは忘れないですねえ」

「施設長さんは私から見たら息子世代、充分若い、今のうちだよ」

「ハイ、頑張ります」

「頑張ると言っているのに申し訳ないけれど、研ぎ師一級はウソ」

「え〜っ」

「子供の頃、男の子は、誰でも肥後守という折り畳み小刀をポケットに入れ、杉鉄砲や竹トンボを作って遊んでいた。切り傷など当たり前。ヨモギを摘んで少し揉み、傷に押し当てて、お医者さんなど誰も行かなかったなあ。カットバンなど世の中にない頃のこと。そうして刃物研ぎをいつの間にか覚えた。これが冗談抜きの真実」

日本は豊かになった。切れなくなったら新しい剪定バサミを買えば良い。研いで刃を再生し……という発想はない。使い捨てが当たり前になってしまった。刃物は怪我をするから使わせない、持たせない。エンピツはエンピツ削りで削りましょう。そうしてシャープペンは鉛筆のように削る必要もない。刃物の研ぎ方どころか小刀の使い方さえ置き去り。怪我をするから裸足は駄目。食べて良いかどうかは、印刷された賞味期限頼り。

生きる力を身に着け、鍛えることを放棄して、日本は豊かになったのか？

俺はバーテンだあ

今日は近所の奥さんがパートの日。病院の喫茶室「カフェテリア」、コーヒー一杯一〇〇円。おや、今日は大繁盛だ。席はあるかな、カウンター席が一つ空いている。忙しそうだなあ、一人で飛び回っている。「コーヒー頂戴」と言うのも申し訳ない。目の前の食器棚はほとんど空。シンクを覗くとコーヒーカップやお皿、スプーンにフォークが山。奥さん、注文を受けると、とりあえず注文分のカップを洗って何とかこなしている。

これでは、とてもコーヒーどころではない。まず食器を洗わなければ、私が飲むコーヒーカップがないではないか。カウンターの中に入り、手を念入りに洗って食器洗い開始。こんな山などすぐ終わると思ったが、考えが甘かった。洗っても洗っても、次々に汚れた食器が帰ってくる、エンドレス。

「矢野さん、すみませんねえ。フライパンを先に洗って下さらないかしら。あっ、それからフォークも」何だと、この忙しい時にスパゲティの注文をしたのは、どのお客さんだ。カウンター席の奥様は俺と同じ、コーヒーをさっきから我慢して待っていらっしゃるのに。

カウンターの奥様へ小声で、

「私らコーヒー一杯飲ませてもらえないのに、スパゲティだそうですよ」

奥様笑いながら、

「旦那さん、手際がいいですねえ。うちの主人なんか何もできないのですよ」

「お褒めのお言葉ありがとうございます。私は若い頃バーテンダーをしていたのです。学生の頃、トリスバーっていうカウンターだけの小さなバーがあちこちにあったのです」

「ありましたねえ、知っています。トリスウイスキーはテレビで宣伝していました」

「トリスバーでバーテンやっていたのですよ。嬉しいなあトリスバーをご存じとは」

「シェーカーをちょっとやってみましょうか。できるかな」コップをシェーカーに見立てて。

「さすがお上手ですねえ」

「シェーカーを上に放り投げるように、下へ放り出すようにするのです。大きく8の字を描く感じかなあ。速くするとこんな感じ、片手でも同じです。カクテルができたらコップに注ぎますが、ジョゴジョゴでは様になりません。ちょっと注いでからシェーカーを上にあげて最後はこんな具合です。お客様へコップを差し出すのは、こうです」

「カクテルを頂きたくなりました」

「ありがとうございます。バーテンもシェーカー振っているだけでは駄目で、大変なんですよ。会話でもお客さんに楽しんで頂きたいし。今なら日本ハム日本一とか、広島ご出身のお客様には日本ハムとは言えないし……」などと、お話をしながら結局一時間以上食器を洗い続けた。

　やがて大繁盛は終焉。

パートの奥さん「矢野さん、ありがとうございました。おかげで助かりました」

「どういたしまして、お疲れ様でした」

　やれ、コーヒーを飲めると思ったら、

「矢野さん、聞こえていましたよ。お客様にウソをついては駄目」「えっ、何のこと？」

「奥さんすみませんねえ。矢野さんは、庭師をしていたとか美術評論家をしていたとか。私なんか何回騙されたか。若い頃バーテンをしていたなんてウソですよ」

「お話、ウソって本当ですか？」

「はい、ウソです」

「まあ、すっかり騙されました。でも楽しかったわ」

「ありがとうございます。またコーヒーを楽しみに来て下さい」

焼き物

帰省中のこと。二の丸館で、ある中堅作家の作品展。焼き物が展示されている。こんなに沢山、所狭しと並べて作品展というより大売り出しではないか？　壺や花器にそれぞれ値段がつけられているし。なかなか良い味と思う作品、大量生産のような壺、作品というより商品として作ったのではないかと思う物もあり。玉石混交は酷かな。

「いかがですか？」「貴方の作品ですか。見せてもらうだけ、小父さん買わないからお客さんじゃない、ゴメンナサイだな」

「いえ、見て頂けるだけでありがたいのです」これは何か言わないといけないかな。

「お金持ちだったら、これを頂きますね」

「ありがとうございます。これ実は私の自信作です、嬉しいなあ。なぜ、これですか？

差しつかえなければ聞かせて頂けませんか」

「困りましたねえ。この作品がパッと目に飛び込んだというかなあ。どこがどうということではなく、全体の感じというか印象が良いのです。強いて言えば、釉薬が垂れているでしょう。上過ぎると落ち着かないし、下過ぎるとダレてしまう。絶妙の所で止まって全体を引き締めているように思いますね」

「私もそこは良い具合に仕上がったと思っています。なかなか思うようにできないのですが」

「そうでしょうねえ、こういうのは狙ってできるものではないでしょうから」

「そうなんです。思い掛けないことが起こります。焼き物は、これがまた楽しいのですが」

「いいですねえ、楽しいことをされて。窯は登り窯ですか」

「いいえ、電気釜です」

「電気釜ですか。あれは温度など、ちゃんと見てくれるからありがたいけれど、温度を上げたり下げたり、ちょっとタイミングがずれる感じがしませんか？」

「そうですねえ、確かにそう感じることがあります、機械だから間違いないはずなのですが」「機械だから、設定された温度になってから教えてくれます。登り窯だと欲しい温度になる前に炎の色を見て、温度を予測しますよね、それで薪を足したりします。機械と人間の差じゃないかなあ」

しょせん機械は機械、人間の目には及ばないのではないか、と思う。

「土は、地元の山から取ってこられるのですか？」

「いえ、良い土が取れませんから、買うのですよ」

「そうですか。南宋白磁とか唐三彩とか素材は薄く伸びる焼き物に適した土のようですね。大分の小鹿田焼、栃木の益子焼など焼き物には全然向いていませんが、昔の人は、地元のあの土を使うしかないから。あれでお茶碗など焼いて生活に使っていたのですね、あれはあれで素朴な味がありますね」

「こんなお話ができるとは思いませんでした。失礼ですが、こういうお仕事をされているのですか?」

「昔、若い頃……」と言いかけたら、

「やはりねえ、そうだと思いました」

早合点しないで最後まで聞いて下さい。「若い頃……」で止めたら詐欺になる。

「昔、若い頃、栃木県真岡工場へ勤めていました。隣は益子町。益子には当時、濱田庄司さんという益子焼の人間国宝がおられ、濱田庄司さんを継ぐといわれていた若手陶芸家三人のうちの一人から直接伺った話の受け売りをしたのです。焼き物を観るのは好きですが、私は土いじりをしたことは全くありません。偉そうなことを言って失礼しました」

「受け売りにしても、よく覚えていますねえ。参考にさせて頂きます」

シニアモデル

おや、これは何だ。ある日の新聞広告、シニアモデル募集「申込書を切り取り、履歴書及び全身と顔の写真を同封して送付して下さい。パソコン、携帯からも応募できます。書類、写真を審査し合格者には改めて面接のご案内をいたします」。

年齢○○歳以上なら応募資格は充分以上ある。面白そうだ応募しようか……考えても迷うだけのこと、結論は出ない。万一、面接の案内が来たら改めて悩むことにしよう。間違っても合格は考えられない。申込書を切り取り、書類と写真を同封して投函。間違っても合格は考えられないと言いながら、一か月はもしかして……と待つ。当然なんの反応もない、やはりダメ、当たり前だ。

応募したことさえすっかり忘れた三か月を過ぎた頃、面接案内が届いた。

「……つきましては○月○日○時、場所は○○の……」え〜っ、嘘だろ、こんなことはあるはずがない。新手のオレオレ詐欺かもしれない、と思いつつ電話で確認。

「もしもし、面接案内を頂いたのですが……」

「○月○日、お待ちしています。面接場所はおわかりですか?」

「はい、わかります。それでは伺います、よろしくお願いします」

面接案内が来てしまったら悩むことはない。面接など遥か昔、学校を卒業し入社試験以来のこと、遠い記憶の彼方……。

「応募した動機は何ですか?」と聞かれるに違いない。私は年金生活で外へ出ることも少ないのです。外出の機会を増やしたい、と言うのも変だ。面白そうだと軽い気持ちで応募したら、思い掛けないことに、と正直に答えるのも失礼だ。何とお答えしたものかと思いつつ、それ行け面接会場へ。

面接当日、久々に電車で東京へ。シニアモデルというから還暦前後の世代を想像していたが、皆さん若い。当たり前、○○歳以上なら息子と変わらない世代、私は最年長さん。場違いな所へ来てしまったが引き返す訳にはいかない。名前を呼ばれ緊張して部屋へ。三人の試験官の前へ進む。「どうぞお座り下さい」型通りの質問のあと、「ちょっと立って歩いてみて頂けますか？」これは実技試験に違いない。

春、会社にフレッシュマンが入ってくる。彼、彼女たちは人事部で社員の心得、会社の歴史など一通り教育を受け各部署へ配属される。新入社員教育のカリキュラムに歩き方の指導は入ってない。特に女子社員は、元気で可愛い女の子から女性に変身し、会社員らしくなるには歩き方も大事な要素。

かつて私は、私の部署に配属されてきた女子社員に歩き方を教えていた。パリコレクションなどスーパーモデルの歩き方……頭のてっぺんを糸で引っ張られるイメージ、自然に背筋が伸び、目は正面、あごが少し上を向く。足の親指は……と。

試験官が話し合っている声が聞こえる。

「背筋がピンとして姿勢がいいじゃないですか」

あれよあれよと驚き呆れるうちにモデルをすることになった。華やかなファッションショーとはいかないが、デパートのイベントで新着の紳士服やセーターを着てお客様の前を歩く。フォーマルなスーツの場合は、肩の線を水平に、ジャケットなら片手をちょっとポケットにはさみ肩を少し揺する感じで歩く。ちょいワル小父さんの雰囲気で。

「奥様、このジャケットいいでしょう、旦那様にいかがですか？」

久々にクラス仲間十人ほど集まり、「お互いの健康と……乾杯！」
何はともあれ、まず一杯。
A君「子供の頃から好きだった絵を本格的に始め、上野の美術展へ出展、入選した」
B君「ボランティアで得意の手品を披露、お年寄りに喜ばれている」
C君「孫がカーネギーホールで……」

D君「凄いねえ、あのカーネギーホールだろ」
E君「お前は何かやっているのか?」
私「時々モデルをやっているよ」
一同「モデル? 何それ?」
シニアモデル募集の新聞広告を見て応募したら……と説明。
「君たち小父さんと一杯飲みながら健康や趣味、孫の話もいいけれど、所属モデル事務所の若い人と話すのは楽しいよ。モデルをしようというだけあって、女性は皆さん綺麗だし、最年長の俺を大事にしてくれるから居心地いいねえ」
「モデルとは大したものだ、お前が一番偉い」
「俺の話を信じたのか? 素直だねえ、君たち」

詐欺師は楽しい

帰省中、町立図書館で講演することになった。持ち時間は約四十分、何を話しても良いとのこと。

出版した経験を交え「自分史について」お話しすることとした。講演原稿を書き、四十分で話す練習をして時間が余ったら追加する話、時間が足りなくなったら削除する箇所等を想定し準備万端整えた講演前夜、九十七歳になる元国語教師の母、

「武久、明日大丈夫かえ。ちょっと母ちゃんに聞かせちょくれ（聞かせて）」いくつになっても子供は子供、母親としては心配で仕方ないらしい。「心配せんでも大丈夫……」と言いながら「自分史は生い立ちから順番に書くものと思っちょるじゃろ」

「そうじゃねえのかえ」

自分歴（順番に）史（記録）じゃなく自分史だから自分が記録しておきたいことを書けば良い。難しく考えないでお料理を作ることと同じ、たとえば……何を作るか（何を書くか）決めたら材料の買い出し（書くネタを集める）、煮るか炒める、どうお料理するか（どう書くか）、最初の数分間を話し「こんな感じ」と止めたら、

「ちゃんと最後まで話さんかえ」

やれやれ……ネタの集め方、書き始めは？　親しい人に話すような気持ちで書いてみるなど、四十分を話し終えたら、

「まあ、良かろう。内容はそれで良いけんど（けれど）……」

「母ちゃん、けんど……って何かあるの？　言うことがあるなら言って」

「武久、あの話をするといい。ほら……何じゃったかなあ。母ちゃんが騙された話じゃ」「シニアモデルのこと？」

「そうじゃ。真面目な話だけじゃ面白うねえわえ。あの話をおしよ（したらいい）」

原稿を少し削りモデルの話を追加。そうして当日。

「少し時間があまりましたので……。先ほどご紹介して頂きましたが、私は時々シニアモデルもしています。デパートで新春のジャケットを着て、格好よく言えばファッションモデルですね。ちょっとやってみましょうか」

歩きながら、「デパートの売上げアップですから、黙って歩くだけじゃないのです。『ご主人にこのジャケットいかがですか』など話しかけながら。売れるとデパートの皆さんが喜んでくれる、嬉しいですね」あちこちから話し声が聞こえる。

「さすが東京でモデルをしているだけあって、着ている物が違う」

実際は息子が着なくなった背広のボタンを、ジャケット風ボタンに付け替えた背広なのに。モデルといえば華やかで収入も多いに違いないと思われているようだ。

「聞こえましたよ。昼食代と交通費、それにワンステージ〇〇千円程度です」

皆さんに全面的に信用して頂いたが、このままでは詐欺師になってしまう。

「ウソですよ」と言っても皆さんキョトンとされている。

「モデルなんてウソですよ」「……」

「ご紹介して頂いた通り、技術屋の私にモデルなんてできるわけないでしょ」

やっと、わかって頂いたようだ。

「本日は『自分史は楽しい』を聞いて頂いてありがとうございました。詐欺師は楽しい、ではありません」五十名を超える皆様に信じて頂いた。

数日後……。

「講演でシニアモデルの話をするから笑うな」と言っておいた幼馴染の女性二人、講演後連れ立って皆さんと一緒に帰っていたら……。

「モデルをしているのはウソと言っていたけど、本当にモデルをしていると思う」

「私もモデルをしていると思う」と周りで話しながら帰っていた、と。

母ちゃんの助言は大成功、親の言うことは素直に聞くものだなあ。

さらに数日後、恩師のお宅へ伺ったら恩師は開口一番、

「矢野君、東京でモデルをしているんだって」

「え～っ、何で先生が……」

チョコレート

庭師一級はご近所で庭仕事。そろそろ一服しようかなあ、と思っていたら、奥様、「ご苦労様です。ひと休みして下さい。こちらへどうぞ、お茶を用意しました」「ありがとうございます。丁度ひと休みしようと思っていたところです。おや、チョコレート」


母校の高校創立百周年記念講演をすることになった十年ほど前、女子五人組「帰っているなら出てこない？」。イソイソと昼食会へ出かけた。

「創立百周年で講演するのでしょう。どんなことを話すの？」

「うーん、話の出だしは百年前、高校創立当時どんなことがあったか話すことに決めたけど。上から目線の話では聞いてもらえないし、剣道部を創った頃のこととか、やってもできる訳ないと何もしないより、やればできるかもしれないと思った方が楽しいと思うよ、とか。まだ先のことだから何とかなると思っている」

「そうよね、慌てることないわ。百年前はどんなことがあったの？」

「初めて空を飛んだライト兄弟が飛行機の製造販売会社を創立したとか、森永チョコレートが初めてチョコレートを国産化したとか」

「森永チョコレートが初めて作ったの？」

「数年前に国内で作った会社があるという記録もあるみたいだけれど」

「よく知っているわねえ」

「知っている訳じゃないよ。インターネットで先日調べた。百年前に国産化だから、母が子供の頃は、お金持ちの子供が持っていて端っこをチョコっと割ってもらったことがあったかな」

「そう言えば子供の頃、板チョコをチョコっと割って大事に少しずつ食べたわねえ」

「チョコっとだからチョコレートをチョコと言うんだよ」

「あら〜、そうなの、知らなかった」

「ウソだよ、信じたの？」


「チョコっとなどというのは日本も原産地の中南米も同じ。彼らはチョコラと言っていたらしい。チョコレートをヨーロッパへ持って帰った中南米の征服者・スペインの人たちにはチョコ〜ラと聞こえたらしい。それをイギリス人はチョコレートと。日本ではチョコレートを略して『チョコ』。それで正解だけど、原住民の『チョコラ』が語源」

「矢野さんは何でもよく知っているのねえ」

「こんな話ウソに決まっているだろ」

「えっ、それもウソなの。私たち二回騙されたの？」

「ハイそうです、ホホホ」

販売アドバイザー

久々に帰省、二の丸館へ。白い杉板キャンパスの絵、あの人の個展かな？

「先生～い、お久しぶりです。帰っていらしたのですか？」やっぱりあの人だ。

「御無沙汰しています、相変わらず絵を楽しんでいますねえ」

「今回の絵はどうでしょう、先生」

「俺は先生じゃないと言ったでしょう。また絵が変わったね」

「そうですか？　変えたつもりはないのですが、変わっていますか？」

「前回の貴女の絵は趣味の絵、今回の絵は売り物になる。プロの絵ですねえ」

「まあ、嬉しい、続けてよかった」

「俺は前回の絵の方が好き、どの絵も楽しそうな絵だった。今回が駄目だという訳ではない、駄目なら売り物になるなど言わないよ」

「そうですか。売れますかねえ。いくらにすれば良いのか、他の人の個展で値段を見ると私の方がと思うこともあります。お客様と何を話せば良いのか、どうやって売れば良いのか」

「自分で値段を付け難いなら、お客さんに付けてもらえばいい」

「お客さんに、ですか?」

「そうだよ。たとえば……、〈あなたは○万円でお買い上げ頂けますか?〉〈あなたのお部屋に置いてもらえたら嬉しいな。○万円でいかがですか〉〈十年~数十年先のお宝です……ホホホ。○万円先行投資してみませんか〉こんなことを書いて貼り紙する。話し言葉でお客さんと会話の感じで考える。お客さんが頭の中で○の中に数字を入れてくれる。それが貴女の絵の値段。○万円だから数万円」

「数万円で売れたら嬉しいわ」

「値段のことだけでなく、〈私は褒められると上達します〉〈良いところを教えて下さい」こんな貼り紙をする。こんな紙を貼ると、お客さんが貴女に話しかけてくる」

「貼り紙から、お客さんに言われそうなことがわかるでしょう。答えを用意して声を出して練習する。えっ、そんなに……少し勉強させて下さい、とか」

「お客様に一万円と言われたら、大喜びして、ありがとうございます。八千円。二万円と言われたら一万六千円。一～二割引く。貴女がお客さんだったら嬉しいでしょう。そうしてお客様は旦那様に話す、『儲けたあ』。お友だちにも話すでしょう。お客様が貴女の絵をPRしてくれる、口コミは折込みチラシなどより強力だよ」

「売ることを考えると趣味の絵では駄目だと思うよ。この絵、幅は狭いけど長いでしょう。こんな長い絵をどこに置くか。マンション住まいの方は買ってくれない。描きたい物を描くでは売れないだろうし、絵の大きさも考えないと」

「展示の仕方も……」

「先生は美術評論がご専門と伺いましたが、販売についても詳しいですねえ」

「ありがとう。販売アドバイザーもやっていたのですよ」

レモン

ご近所の奥さんがパートの日、「カフェテリア」のカウンターでコーヒーを待っていたら、

「いらっしゃい」

奥さんのお友だち、カウンター席へ。お話ししたことはないが会釈程度はする。

「はい、レモン。今採ったばかり、きれいでしょ」確かにきれいなレモンだ。

「お宅でできたの？　頂いて良いの？　立派なレモンねえ。ありがとう」と奥さん。

「きれいなレモンですね。このまま使うのはもったいない。少し大きくしたらいい」

と私。

「大きくできるの？」

「今、採ったのでしょう。切ったばかりだから大丈夫と思いますよ。お皿か何かに水を入れて何でもいいけれど、たとえば『花工場（商品名）』のような液体肥料を少し入れて、陽の当たる所に置けば勝手に大きくなりますよ」

レモンさん「あっ、それ水耕栽培って言うのでしょう」

「よくご存じですねえ。現役の頃、水耕栽培設備をアラビアなどに売れるかも、と温室を作り、トマトを使って水耕栽培の研究をしたことがあるけれど、トマトが私の背よりずっと高くなり、立派なトマトが食べきれないほど採れて社員食堂で皆さんに食べてもらった」

レモンさん「今はレタスなど畑じゃなくて工場で栽培されているのでしょう」

「よくご存じですねえ。植物は水と肥料と太陽で、炭素同化作用だったかなあ」

レモンさん「葉を二、三枚付けて切ってくれれば良かった」と話は盛り上がっていたら、

パートの奥さん「矢野さん、それ本当？」と問責口調。

「本当ですよ。中学の頃、理科で習ったでしょう。葉緑素とか……」

「その話じゃなくて本当にレモンは大きくなるの！」

「スイカやカボチャじゃあるまいし、レモンは、こんなもの、大きくなる訳ないでしょ」

「まあ、悔しい。レモンが大きくなるなんて、またウソを言っていると思って聞いていたのに、いつの間にか、つい信じた私が馬鹿だった」

「馬鹿だなんてとんでもない。話を素直に受け入れてくれてありがとう」

包丁は……

連休明け歯医者さんへ。連休明けは混んでいるだろうと予約の電話をして行ったが、待つこととしばし。待合室で見るともなくテレビを見ていたら、包丁の宣伝、お肉、お魚、トマト、キャベツ……鮮やかな包丁さばきで、次々に切ってみせている。切り口もスパッと、トマトは瑞々しくお魚の身は……いかにも美味しそうに。

「この包丁は○○製……、○○もお付けして月々わずか○○円、奥様いかがですか」

口八丁、手八丁さすがプロフェッショナル。

これを見ていた主婦というより若いママさん、

「買ってみたけど、あんなに切れないわ」

そうだろうなあ、広告だから綺麗に切れるまで何度もＮＧが出されているんじゃないかな。

ママさんのお友達のもう一人「包丁が切れなくなったから研ぎに出したんだけど……」

お二人とも包丁の切れ味について、ややご不満の様子。

包丁は道具に過ぎないのですよ、ママさんたち。包丁が良ければ、テレビのように切れると言う訳ではないのですよ。良い包丁の方が良く切れるのは間違いないけれど、切っているのは腕。包丁さえ良ければ上手に切れるなら、良いクラブを揃えたら小父さんのゴルフはシングル間違いなし。

現実はなかなか思うように行きませんねえ。とわかっているけど小父さんも良いクラブなら、もう少しまっすぐ遠くへ飛ばせるのじゃないかと、つい買ってしまうから、若い貴女方の気持ちもよくわかります。

そんな怖い顔をしないでよ。貴女方の腕が悪いから切れないと言っているんじゃないんですよ。そう聞こえたらごめんなさい。何も心配しなくてもいい、ママさんからプロフェッショナル主婦になったら、どんな包丁でも間違いなくスパッと切れるようになる、小父さんが保証します。何事も練習、経験だから。

もっともレトルト食品や、スーパーのおかずコーナーに足が向くようではねえ……、時間のない時など、たまに足が向くのは良いけれど。

練習すれば小父さんのゴルフも上達すると信じているんだけど……。さて、どうでしょうか。

教育的指導

相模原工場、事務所は二階にあり、自動販売機は一階の玄関脇。ある日、コーヒーを飲もうと下りて行ったら見知らぬ男が立っている。歳の頃は四十代半ば。

「何か御用ですか?」

「あのー、これをご説明に……」

「あー、飛び込み営業ですか?」「ええ、まあそうです」

飛び込み営業……知らない所へアポイントメントもなく飛び込んで営業する。

「会社へ帰ったら、何社訪問したかと上司に言われるのでしょ」「はいそうです」

「それじゃあ話だけでも聞きましょう。二階へどうぞ。コーヒーをご馳走しようかな」

「ありがとうございます、助かります」

手作りの資料と写真で説明を始めた。油汚れやペイント、自由の女神のクリーンアップにも使用された洗剤。当時はまだ一般に知られていなかった。彼が一生懸命に説明してくれる洗剤を知っていた。

「知っているよ。これは我が社では必要ない」と断って……。

「その資料と写真、ちょっと貸してみな」怪訝な顔。

「小父さんが、やってみようか」そうして教育的指導……。

「貴方は資料と写真を見て説明している。一度も顔を上げて小父さんを見ない。結婚していますか？」

「えっ、しています。子供もいます」

「そうやって下を向いて顔も見ないで、奥さんにプロポーズしたの？　目を見て話しただろ」「ええ、まあ」

「そうだよなあ、口説き落としたから結婚できた」「……」

「営業も同じ、相手を口説き落とす。下を向いていちゃ、お客さんが説明を聞いているかどうかわからない。写真の説明も小父さんには、どの写真の説明かわからない。

「この写真のように……と指差したらアホでもわかる」

「ありがとうございます。とても勉強になります」

「そう言われると嬉しい。ついでにその写真、ベタベタ目一杯貼ってある。自分のアルバムなら良いけど、これはお客様に見て頂くものだろ。資料も同じだな。こんなにゴチャゴチャ貼ってあったらお客さんに見てもらえないよ。もっとゆったり余裕を持たせなきゃ」

びっくりしたような表情、こんな話は初めてのようだ。真剣な目をして、

「ありがとうございます。何でもいいから教えて下さい」

こんな目をされたら、いい加減なことは言えない。

「そうだなあ。貴方は洗剤の営業をしている。一生懸命説明していたなあ。それも必要だけれど、お客さんの話も聞いてみたらどうだ」

「洗剤の営業とは関係ないけれど、たとえば土地を探しているお客さんに、土地を売

りたいお客さんを紹介したら両方から喜ばれるよ。その結果、貴方のお客さんを紹介してくれるかもしれない。」

「アンテナを高くせよ、と言うだろ。その通りだけれど両方のお客さんが喜んでくれたら、貴方のアンテナが二つ増えたことになるのじゃないか。アンテナは多い方が営業しやすい」

「失礼ですが、営業のお仕事をされているのですか？」

「営業と言えば言えるかな。若い営業マンの補佐役みたいなことをしている、フフフ」

「やはりそうですか。とても勉強になりました。またお邪魔していいですか？」

「さっきお渡しした名刺を見て。小父さんの所属が書いてあるだろ」

「あれっ、設計と書いてある」

「もう一つ追加しようかなあ」「何でしょう、何でも言って下さい」

「名刺に設計と書いてあるのに『営業のお仕事ですか？』、たった今、名刺を頂いた相手の所属や名前を間違うようでは、売れる物も売れないよ」

サクラ

H教授の水力教室でK、A、M、私の四人は、一年間卒業研究、K兄が二十五ページの卒業研究論文を書いてくれた。我ら三人は署名をしただけ。卒業研究発表もK兄がしてくれるものと安心していたところ……、

「発表が嫌だから論文を書いた。発表は絶対にしない」と。結局、「では俺が発表する、その代わり発表用のグラフなど準備はしない」準備はA、Mの二人。

「俺が発表する」と言ったものの、何を話せば良いのか？　K兄に発表用原稿を書いてもらい、「発表で出そうな質問事項を十個書いてくれ」

さらに、「この答えを書いて」、真面目なK兄「何をするの？」「ナイショ」

質問事項を十人に渡し「これを質問してくれ」

つまりサクラ。

発表を終わり、「何か質問ありませんか?」次々に手が上がり質問、我はスラスラ回答。残り一分の「チン」。先生にも当てないとまずいかな、S助教授へ。S助教授の質問に答えたが，質問内容がわからないから、答えになっていないことは自分が一番よくわかっている。すぐにK兄が立ち上がり、「補足説明いたします」。

無事卒業研究発表終了。

次は難関H教授と一対一の口頭試問、サクラもいないし、K兄の補足説明も期待できない。覚悟してH教授室へ。

H教授「矢野君、失敬した。君は勉強していないと思っていたが、よく勉強しているねえ。発表も良かったし活発な質問も出た。K君の補足説明も良かった、チームワークもいいねえ」。活発な質問をしたのもチーム員、とは言えないな。

褒められっぱなし、質問なし。かくして優秀な成績で目出度く卒業……ホホホ。

帰省していつものようにT先生（当時助教授）のお宅へお邪魔した際、我の告白を聞いた真面目な恩師絶句され、

「矢野君、そんなことをしたのか！　君たちの頃は応用がきくし、たくましかったねえ。今の学生は、言ったことはきちんとやるが、卒業研究発表でサクラなど思い付かないし、思い付いても実行できないだろう」

卒業して五十数年、クラス担任だったT先生に、お褒めのお言葉を頂くとは、何とまあ幸せなこと。

「ん？　お褒めのお言葉かな？」

方言・外国語

中学生の時、数学と図画を習い、部活のバスケット部で大分県体育大会出場へ導いてくれた恩師は、工学部を卒業後、平成の今も当時も一部上場企業のエンジニアをしておられたが、召集され海軍技術将校へ、終戦後中学校教師。

恩師のお話では、絵は好きだけれど先生をするとは思わなかった。野球やバレーボール、テニスなどは先輩教師が担当、担当する先生がいないバスケット部を引き受けることになった。バスケットなど知らないけれど、皆さんが助けてくれたから何とか務まった、と。

高校卒業以来、今も帰省のつど恩師のお宅へ遊びに行く。お元気な恩師と奥様は、私のたわいない話を楽しそうに聞いて下さる。恩師のご機嫌伺いというより、私は先生と奥様に話を聞いて頂くのが楽しいから足が向くのだろうと思う、幸せなこと。

お盆で帰省した夏、恩師のお宅へ。

「おう、元気そうだな。まあ上がれ」応接室へ。

「そうじゃあ（そうだ）」

「じゃあ、じゃあ」（そうだ、そうだ）」

日出弁で話していたら、

「日出の方言が出るなあ。帰ったら日出の方言で話すようにしているのか？」と恩師。

「いえ、意識して方言を使っている訳じゃないのです。日出に帰ると自然に日出の言葉になります」

「ほう、そんなものかのう」

「卒業して最初に大阪工場へ配属されました。いつの間にか関西弁になりました」

「そうじゃろうのう」

「日出の（じゃ）を（や）に代えると関西弁らしくなります、『そうじゃ』が『そうや』。

（だ）に代えると『そうだ』、関東弁のようになります」

「そうか、なるほどなあ。いろいろ苦労したのう」

「関西弁らしくはなるけど、地元の人はアクセント、イントネーションが違うから、すぐわかるみたいです。一口に関西弁と言っても京都と大阪じゃ微妙に違うのです、先生。たとえば……大阪弁だと『うち、おかあちゃんに言うてん』と語尾を下げますが、京都の女性は『うち、おかあちゃんに言うてんぇ』と少し語尾を上げます」

「ふ〜ん、そうか。矢野君は女性に詳しいのう」

「先生、からかわないで下さい。真面目にお話ししているのですから。周りで話している言葉に影響されて、自然に従うのですねえ」

「ふ〜ん、そんなものかのう」

「初めてイギリスへ出張することになった時、英会話などできないし、困ったのですけど、イギリスに行ったら相手の言うことが何となくわかるし、「私」は「アイ」と頭の中で翻訳してないのに、口から出てくる、あれ〜っ、英会話しているって感じです」

「中学高校大学と英語を勉強し、今の世の中じゃ会社でも英語は必要じゃろう。ある程度の話はできるじゃろう。驚くことじゃないと思うがのう」

「英語はそう言えるかもしれませんが、イギリスからドイツへ飛んだのです。数時間前は『サンキュー』と言っていたのに『ダンケ』ドイツ語が出てくる。びっくりしましたねえ。ドイツ語なんて大学で二年間、単位を落としたから正確には三年間習っただけ、仕事でもドイツ語は全く縁がなかった。それなのに『ダンケ』。人間の頭は、どうなっているのか記憶もないドイツ語が出てくる。火事場の馬鹿力と言いますが、よくできていますねえ」

「誰の頭もよくできている訳じゃなかろう、君の頭がよくできているんじゃや。英語もドイツ語も話せるなんて大したものじゃのう」

「国語教師の息子なのに国語は嫌い、理科数学が好きだったことを先生御存じでしょう。国語が嫌いなのに英語やドイツ語ができる訳ないでしょう。関西へ行くと、関西

弁もどきが口から出てくるのは本当ですが、英語やドイツ語が口から出てくるなんて
冗談です、先生」

「えっ、ウソか。本当かと思うた」

奥様と顔を見合わせ、

「やられた」

カメラ

定年後、お世話になっていた地元日刊新聞社倉庫を整理していたら、ガラクタの中から古いカメラが出てきた。埃まみれで使えそうもないけれど、ひと昔前の高級カメラ。このカメラも我らが先輩たちに大事にされ、休む暇もなく愛用され活躍していたに違いない。

「おいカメラ。お前も長い間働いてきたのだねえ、ご苦労さん」

それにしても、埃だらけじゃ可哀想だ、きれいにしてやろうかな。

まずカバーを外して埃を払い、丹念に磨く、そして本体。新品同様とはいかないが、きれいになった。「あ~気持ちいい、久しぶりにさっぱりした、ありがとう」とお礼を言われたようだ。

シャッターはどうか。絞りはこの針に合わせて……固いなあ。分解しないと駄目か。

「先生、カメラも長年働いて定年、あちこちガタが来ますねえ、サラリーマンと一緒。倉庫の中で埃まみれを見たら愛おしくなりました。埃を払ったら喜んでいたみたいでした」

「それは良いことをした。それでそのカメラはどうした?」

「社長に見せたら、もう使わないし要らない。要るならどうぞ、差し上げます。と言われるからもらいました」

「修理して使うのか?」

「修理などしませんよ。このケイタイで写真は撮れるし、今はケイタイも古いけれど」

「じゃあもらって、どうするの?」「売りますよ」

「古い壊れたカメラが売れるのか?」

「売れますよ。少なくみても百万円前後、もうちょっと高く売れるかな」

「え〜っ！」

「昔、撮影する時、天気の具合とか、光の加減で変える『絞り』があったでしょう。どの程度絞るか腕の見せどころ。今は自動的に絞るから素人でもきれいに撮れるけど」

「そうだなあ。先生も初めて写真機を手にした時、絞りはなかなかだったな」

「ミノルタのＳＲＸ一型は光の具合で変わる指針があり、メーターですね。そのメーター通りに絞れば良い、という当時としては画期的なカメラなのです。確か昭和三十四年か五年、オリンパスペンというハーフサイズのカメラが出るちょっと前の頃と記憶しています」

「それで高く売れるのかな」

「人気が高くて沢山売れました。一型は量が多いから百万円は無理ですね。このカメラは一型のモデルチェンジでＳＲＸ三型。昭和四十一年だったかなあ。ところが世の中はオリンパスペンなどハーフサイズカメラが人気。三型は売れなかったから、すぐ生産中止した。だから三型は数が極端に少ない幻の名機。だから高い。欲しいけれど数が少ない物は値段が高い。経済原則通りなのです」

「へえ〜、百万も……社長さん何て言うかのう」

「ちゃんとお礼はしますよ、先生」

「それが良かろう」ホホホ。

「先生、埃まみれのカメラが出て来たのは本当ですが、あとは全部ウソですよ」

「なに、また君に騙されたか、参ったのう。それにしてもミノルタＳＲＸとか、君はカメラに詳しいのう」

「全部ウソと申し上げたでしょう。全部とは全部、それもウソ」

いくつになっても先生は生徒の話を信じて下さる。

先生、いつまでもお元気で。帰省したらまた私の話を奥様と一緒に聞いて頂きます。

あっ、そうか

九州の田舎に帰省中、冬のある日、いつものスーパーで買い物を済ませお店を出ようとしたら、右足を少し引きずり杖をついた、ちょっとお年を召した上品な女性とぶつかりそうになった。「お先にどうぞ……」

「いえ貴方からどうぞ。今日は寒いですねぇ。風が冷たいし」

「失礼と思いますが、私は脳梗塞で車椅子でした。リハビリして歩けるようになりました。今はゴルフもしますよ」

「本当に車椅子だったのですか、どこのお医者さんですか？」

「埼玉のお医者さんです。今、実家に帰省中です」

「埼玉のお医者さんですか」いかにもガッカリの様子。そうして足がなかなか良くならない、回復しないことを話し始めた。

「なかなか治らないので、子供たちが別のお医者さんへ行けと言うものですから、別のお医者さんで診てもらったのです」

「それは良いですね」

「今度診て頂いたお医者さんは足の神経が……と、おっしゃるのです。今までのお医者さんと違うのです。どちらのお医者さんが正しいとお思いですか？」

そんなことを聞かれてもわかる訳ないのに。辛いのだろう、お気の毒と思いつつ、

「さあ、どうでしょうか。どちらかが正しく、どちらかが間違っているかもしれないし、両方正しいかもしれないし、両方間違っているかもしれませんね」

「……」

「神経が切れていても、たとえ足の神経がなくても、それだけ歩けたら良いじゃないですか。私なら何も文句ないです」

「そうおっしゃいますが、杖がないと駄目ですし」

「目の悪い人は眼鏡を掛けているでしょう。目を補助するのは眼鏡、耳を補助するのは補聴器、足を補助するのが杖」

「私はリハビリで歩いていたら、ゴルフができるようになりました」

「あっ、そうか。お医者さんが治すのではなくて、自分が治すのですね」

「ピンポ～ン、正解」

それから約一年後、再び帰省、いつものスーパーへ。

「先生、その節はお世話になりました」俺は先生じゃないのだけれど。

「あの時の……。随分良くなられましたね。杖はどうされましたか?」

「おかげ様で持たなくても大丈夫になったのですよ」ニコニコと。

少し引きずっているけれど表情が明るい。うつむき加減で暗い印象だったのに見違えてしまった。

よほど良い先生にお話を伺ったのだろう、ホホホ。次の帰省が楽しみ。

コンビニエンス・ストアにて

お昼はサンドイッチにしようか、コンビニへ。若い店員が卵サンド野菜サンドなどをサンドイッチの商品棚へ並べている。棚の方を向いたまま忙しそうに手を動かしながら、「いらっしゃいませ」。

忙しそうで「小父さんサンドイッチが欲しいから、そこをどいて」とは言い難い。店員さんの後ろに立って待つ。

「それ曲がっているよ」忙しいのにうるさい親父、と睨まれるかと思ったら、きちんと並べ振り返る。「これで良いか」と顔に書いてある、素直な店員だ。

「ありがとう、それで良いよ。君たちが一生懸命やって呉れるから、おかげで我が社は今期も恥ずかしくない決算ができる。これからも頼みますよ」と話しているうちにサンドイッチを並べ終えた。丁度お客さんが途切れた。

「君、ちょっといいかな」

「何でしょう?」

「さっき小父さんがお店に来た時、棚に商品を並べながら『いらっしゃいませ』と挨拶しましたねえ、後ろを向いたまま」それがどうかしたの? と目が話しかけている。

「挨拶はいいけれどねえ。後ろ向きでお客さんにお尻を向けて言うのはどうかなあ。忙しくサンドイッチを並べている時に、お客様の目を見て挨拶などできないよ、そんな時は声を出して挨拶しない方が良いのじゃないかなあ」

「マニュアルで決まっていますし、店長にも挨拶するよう言われていますから」

「君の言う通り、マニュアル通りにするのが基本だけれど、マニュアルを作って決めたのは先輩たちでしょう。やり難いことや変だと思ったら、マニュアルを変えれば良いのです。マニュアルも改訂、改善されて、より使い易い良いマニュアルになるから先輩たちも喜ぶと思いますよ。君も先輩の作ったマニュアルを改善して後輩に渡す、気分良いでしょう」

真剣な目でじっと私を見る。この小父さん何だろうと思っているようだ。

「小父さんは君の会社の常務さんだよ」

「！」

「ウソですよ、騙してごめんね。変な小父さんと思ったでしょう。変な小父さんだけど悪い小父さんじゃないから安心して下さい」

俳優座養成所

友達から電話、「来週の木曜日空いていたら行かないか？　○○ゴルフ倶楽部」

「空いているに決まっているだろ、１００を切るのが今から楽しみだなあ」

「お前はいつも同じことを言う、○時○○分スタート、メンバーは……」

「○○君も一緒とは楽しみ、元気にしているんだ」

そうして当日、気がかりだった天気も、この数日がウソのような青空、風はないとは言えないが、この程度なら申し分ない、大張り切りでスタート。ワイワイと楽しみながらプレイしていたところ、6ホール目、後続が打ち込んできた。こういうことはごく稀にあるから「やれやれ」と思いつつ。ところが8ホール、再び打ち込んできた。我らは四人、彼らは三人、追いつくのが当たり前。

「ひと言注意しようか」

「やーさんだと面倒だから、このままやりましょう。あと1ホールでお昼だし」

午前を終わり食堂へ。後ろの組はどんなメンバーだろう。やがて彼らが上がってきた。五十歳前後の旦那衆二人が馴染みの居酒屋のママさんを連れ出したような三人組。やくざのお兄さんではなさそうな雰囲気。

午後。3ホール目、我らは我らでプレイしていたら風に乗って聞こえてきた。

「かまわねえから……」ママさんをけしかけている声。

そうして我らは5ホールのグリーン上、打ち込んできたボールが芝目を読んでいたM君の足に当たった。振り返ってみたら、わずか70~80ヤードの距離でママさんコクリと頭を前へ。謝ったつもりらしい。

「謝れよ」温厚なM君が声を荒らげる。再びコクリ、「ゴメンナサイ」とは言わない。旦那衆二人は見ているだけ、打ち込んだのはママ、俺たち関係ない風情。M君これでは収まらない。「ちゃんと謝れ」ママさん、コクリだけ。そこで我の出番……。

「おら、謝れと言ってんだろ、あんたらどこの組のもんだ！」

三人組、固まってしまった。

「早くやって次へ行こう」「ナイスイン」我らのメンバーA君、B君「さあ行こう」我も歩き始めたが気持ちが収まらないM君動かない。旦那衆早くグリーンへ乗せて、こっちへ来てM君に謝ってくれないかなあ、と思っているのに全然打ってこない、また我の出番。

「おら、グリーン空いてっぞ。早く打って来いや、見ててやっから」そうしてM君へ次に行こうと声を掛けA君、B君と次のホールへ。

「あれっ来ないなあ」やがてM君が坂道を下りてきて、「ちゃんと謝らせた」。

「それは良かった、さすがだなあ」

「さすがじゃないですよ。矢野さんが傍にいると思うから強気で言ったら、いないんだもん。矢野さん、迫力あるなあ」

「迫力あった？　昔取った杵柄、若い頃のことは何でも身体が覚えているんだなあ」

「えっ、矢野さん、学校卒業してすぐ入社したんじゃないの？」

「そうだよ、どうして？」

「そうか、学生時代に悪さをしていたんだ。今じゃとても、そうは見えないけどなあ」

「何を勘違いしているの。俳優になりたかったから、高校生の時、俳優座養成所を受けたら受かったけど、田舎の高校生ができる訳がない。浮き沈みの激しい世界だから駄目。親や親戚、先生にも猛反対され機械工学科ならつぶしが効く、就職には困らない。とにかく受験せよと言われて受けたら受かっちゃった。もし大学を落ちていたら俺は今頃スター。こんな所で君たちとゴルフなどしていないよ」

「え〜っ！　そう言えば、さっきは目付きまで変わった、凄い目をしていた」

「役者は目で演技が基本だから、つい若い頃の癖が出てしまった、ゴメン」

「長い付き合いだけど知らなかった。後悔していない？」

「していないよ。サラリーマンになったから君たちとゴルフできる、ぼくは幸せだなあ」

「調子のいいことを言って……」

話が盛り上がってしまった。このままでは済まされない。

「冗談だよ、ウソ。本当と思ったの？　素直だなあ」

楽しい一日は終わった。ゴルフは健康に良い。

身体はもちろん、精神衛生上も。

エンジェル城山へ

故郷は田舎の城下町。南は別府湾、後ろは緑の山。峰の一つが城山、標高約二五〇メートル。豊後の国を治めた大友家の二十代目が築き、一五九三年大友氏滅亡後、廃城となった城砦跡で城山と呼ばれている。眼下に別府湾が広がり、晴れた日には遠く四国まで見える。

戦争中、城山の木は燃料として切られ、子供の頃は五本の松が残されただけの禿山だった。自然の回復力は凄い、いつの間にか木々に覆われ、秋には色とりどりに紅葉、春は黒岩の桜を見ながら。遠い昔、遠足で登った細い山道は、ありがたいことに後期高齢者の私の足（軽自動車）でも登れるようになった。人間の力も捨てたものじゃない、と思う。

ギリシャ北部マケドニア。紀元前三五六年、二十歳で即位したアレキサンダー大王は、宿敵ペルシャを破り、前三二六年、インダス川を渡りインド・パンジャブ地方へ侵入した、

世に言うアレキサンダー大王の東征。アレキサンダー御一行様はギリシャの文化・文明を、その行程に伝え残した。その一つが背中に羽をつけた愛らしいエンジェル。ギリシャのエンジェルは東へ進むに従い、少しずつ姿を東洋的に変身、磨崖仏の菩薩の上を舞うようになった。近年アフガニスタンのタリバンが爆破した磨崖仏でも舞っていたかもしれない。

インドではジャッカルに乗り、空中を舞ういたずら好きな魔女「ダーキニー」（ダーキニーについては女神カーリーに随伴など諸説あり）へ変身、変わらないのはエンジェルの羽。

城山の頂上には地蔵菩薩や観音像の石仏などが祭られているが、小さな石の祠があり、中に背中に羽をつけた荼吉尼（ダキニ）天の石像がキツネの上に立っている。荼吉尼天石像は九州でこの一体だけ、と言われている。インドから、はるばる九州へ来たダーキニー、ジャッカルがいないのでキツネに乗ることにしたに違いない。キツネに乗ることから稲荷神と同一視されるようになる。

この石像は覚雲寺にあったが、明治初年の神仏分離の際に城山へ移されたと伝えられている。覚雲寺にはいつからあったか？　覚雲寺が建立されたのは千五百年前とも言われるが正確なことはわからない。正しくはずっと昔から、というところか。日本では願い事をすれば（願掛け）、必ずかなえてくれる荼吉尼天となった。ただし願いが叶ったら丁重にお礼をしないと、手痛いしっぺ返しに合う、と。

室町幕府を開いた足利尊氏は、荼吉尼天に必勝祈願をしたと伝えられている。一度旗揚げに失敗した足利尊氏は西国・九州へ逃れ再度旗揚げし、室町幕府を開いた、と。国東にも足を伸ばしたとの伝承がある。必勝祈願したのは再度の旗揚げ時、当時覚雲寺にあり今は城山にある荼吉尼天（ではないか）。めでたく室町幕府を開くことができたから、きちんとお礼をしたに違いない。

奈良・法隆寺の柱は、ほぼ中央にふくらみを付けてある。これはギリシャのパルテノン神殿の柱などギリシャ・ローマの古代建築に多く見られる柱と同じで、エンタシスと言います、ギリシャ・ローマから伝わったのです、と中学生の頃、先生に習った。また、正倉院には、はるか昔あちらの方から伝わった文物も収められている、と。飛ぶ事のできない柱や文物が海を越えてきた。

羽（翼）を持ったエンジェルが、ギリシャから城山へ飛んで来ても不思議ではない。私は城山の荼吉尼天はエンジェルが飛んで来たと信じている。

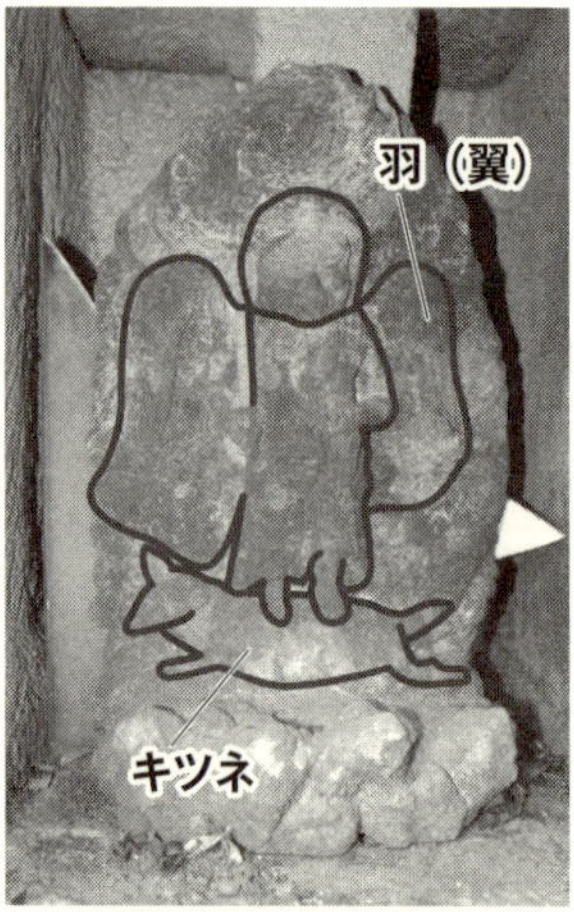

キツネの上の荼吉尼天

あとがき

幼馴染の工藤典詮、典っちゃんに「お前に随分かつがれた。初対面の人も平気でかつぐ。憎まれないどころか最後は笑顔。楽しいウソの原稿を書いて本にせよ」と言われて、別の友達に「幼馴染に……」と話したら、即座に「本の題は『楽しいウソは笑顔を創る』、つくるは作るではなく創造の創る」「その題頂きます」その気は全くなかったけれど、ちょっと書いてみると楽しい。次第にその気になった、という次第。

石垣と花の写真を提供して下さった斎藤清男さん、茶吉尼天の写真を撮影してくれた工藤典詮さん、河童の挿絵を描いてくれた学生時代以来の友・石川楚さん、出版に力を貸して下さった文芸社、こまごました仕事をして下さった皆さん、ありがとうございました。

装画・挿画　石川　楚

著者プロフィール

矢野　武久（やの　たけひさ）

1939年生まれ。大分県速見郡日出町出身。別府湾岸の温暖な気候の城下町。

熊本大学工学部機械工学科卒。㈱コマツで建設機械開発設計に従事。その後、関連会社および日本濾過器㈱への出向を経て、㈱日刊新民報社論説委員を務める。

趣味は読書。歴史、推理、経済、戦記等ジャンルを問わず。日本将棋連盟三段。

著書　『トンボが翔んだ……福祉車誕生記』（近代文藝社）
　車椅子で乗車、手だけで運転できる福祉車の開発と人との出会いの記。
『河童になったビジネスマン、営業へ行く』（新風舎）
　機械設計一筋の筆者が未経験の営業へ。世界が広がった面白さを記した。
『あなた・こなたのおかげで 今、生きている』（近代文藝社）
　技術者として定年退職後、論説委員として寄稿したエッセイ集。

楽しいウソは笑顔を創《つく》る

2018年 7 月15日　初版第 1 刷発行

著　者　矢野 武久
発行者　瓜谷 綱延
発行所　株式会社文芸社
〒160-0022 東京都新宿区新宿1－10－1
電話 03-5369-3060（代表）
03-5369-2299（販売）

印刷所　株式会社フクイン

ISBN978-4-286-19575-9